KB264971

오늘도 우리 약국에서는 촌극이 벌어지고 있습니다.

약국이 약을 사고파는 공간이지만, 많은 이와 만나는 특별한 장소이기도 합니다. 40여 년 동안 약사라는 직업을 통해 다양한 사람을 만나고 그들의 수많은 사연 속 주인공들과 함께 울고 웃으며 공감해 왔습니다.

이 글에는 감동과 눈물이 있으며, 엉뚱하고 유쾌한 촌극들로 가득합니다. 약 한 알로 벌어지는 웃지 못한 에피소드가 있으며, 오해로 난처한 상황에 처한 일도 있습니다. 환자들과의 소소한 대화에서 시작된 웃음과 눈물, 해프닝은 어느덧 나의 인생사와도 깊이 얽혀져 소중한 기억들로 남아 있습니다.

《엉뚱약사의 촌극》은 평범한 일상에서 펼쳐지는 작은 사건이나, 약국을 찾는 이웃들의 다양한 이야기들로 엮었습니다. 비록 약사지만 인생 상담가가 되기도 하고, 작은 약국이지만 작은 소극장 같은 공간에서 하루에도 몇 번씩 웃다가 깜짝 놀라기도 하고, 가슴 쓸어내리고, 감동으로 가슴 뭉클해지곤 합니다.

'촌극', 짧지만 진한 연극!

진지하게 웃기고 울리지만 무언가를 생각하게 하는 바로 그 이야기들이 《엉뚱약사의 촌극》입니다. 또한 나의 엉뚱한 실수마저도 상대방의 마음을 열어주는 촉매제가 되어 더욱 인간적인 소통을 가능하게 해주고 있습니다.

엉뚱약사의 촌극

글 문성미

그림 남궁인경

선우미디어 sunwoomedia

엉뚱약사의 촌극

1판 1쇄 발행   2025년 6월 20일

지은이   문성미
그림   남궁인경
발행인   이선우
펴낸곳   도서출판 선우미디어
　　　　등록 | 1997. 8. 7 제305-2014-000020
　　　　02643 서울시 동대문구 장한로 12길 40, 101동 203호
　　　　☎ 2272-3351, 3352 팩스: 2272-5540
　　　　sunwoome@hanmail.net
　　　　Printed in Korea ⓒ 2025. 문성미

15,000원

※ 잘못된 책은 바꿔 드립니다.
※ 저자와 협의하여 인지 생략합니다.
※ 저작권법에 따라 무단 전재와 복제를 금합니다.

ISBN 978-89-5658-796-7 03810

엉뚱약사의 촌극

촌극의 대사는 주로 애드리브이고, 특별한 무대의 조명도, 감독도, 배우도 없지만 나 혼자서 그 역할을 하고 있습니다. 그러나 매일 벌어지는 촌극들은 진정성 있는 참이어서 더 좋습니다. 오늘도 별것 아닌 하루를 지나며 사람들과 나눈 말, 눈빛, 작은 진심들이 주는 그 짧은 순간이 참으로 소중합니다.

이 책의 판매 대금은 지금도 고통 속에 하루하루를 견뎌내는 미얀마 사람들을 위한 후원의 씨앗으로 쓰고자 합니다. 이 작은 책으로 웃음과 정을 나누고, 그 웃음이 멀리 있는 누군가의 밥이 되고, 약이 되고, 희망이 된다면 그보다 좋은 일이 또 있을까요?
어쩌면 이 책을 읽어주는 일이 어려운 이웃에겐 커다란 응원이 될 수 있다는 걸 기억해 주셨으면 합니다.

자, 이제 무대는 준비되었습니다.
엉뚱한 약사의 엉뚱한 해프닝이지만, 참으로 진정성 있는 소소한 촌극들, 그 한 편 한 편을 읽어가면서 함께 웃고 공감하며 나눠보시죠!

2025년 초록이 짙어지는 6월 여름날
영락 온누리약국에서
엉뚱약사 드림

차례

chapter 1

약을 잃어버렸어요

탈모 예방약 주세요
경량 패딩 조끼 할아버지
1707호는 없는데요?
○○킬라 있어요?
빙초산에 발 담그면 안 돼요
앵무새 아주머니
약을 잃어버렸어요
뭘 먹나요?
맨정신에 와주시면 고맙겠습니다
다음에 또 만나요
그걸 먹으면 어떡해요?
놀이터에서 약을 주웠어요

조제실
영락온누리약국

매실주

탈모 예방약 주세요

중년의 노신사가 들어오자마자 머뭇거리며 듬성듬성해진 머리를 만지면서 수줍게 말하였다.

"약사님 요즘 머리털이 자꾸 빠져나가는 것 같아 바르는 약이 있다고 하던데요."

나는 몇 가지 제품을 내놓고 먹는 약도 같이 먹으면서 발라주면 훨씬 효과적이라고 설명해 주었다.

그는 고시 공부하듯 열심히 내 설명을 들었다.

샴푸 할 때에는 너무 뜨겁지 않은 물로 충분히 헹구고, 머리는 너무 자주 감지 말아야 한다는 팁도 주었다. 또한 강한 빗질과 자외선도 피하라고 친절하게 설명해 주었다.

"약사님, 혹시 눈썹도 날까요?"

"아뇨, 머리에만 바르세요. 꼭 말입니다."

며칠 후, 그분이 들어오자마자 물건을 계산대에 던지며 모자를 벗었다.

"이것으로 눈썹도 나오라고 발랐더니 얼굴이 엉망이 되었어요."

"아니 선생님 그걸 얼굴에 바르다니요, 그러면 안 된다고 했잖아요~"

♣ 약사가 말해주는 주의 사항은 반드시 지켜주세요. 제발!

조제실

경량 패딩 조끼 할아버지

"판○○두 상자랑 베○○○한 병 주쇼."

할아버지는 몇 년째 우리 약국에 오는 단골이시다. 돈을 계산대에 조심스럽게 올려놓은 손등이 쭈글쭈글하다. 거북이 등딱지처럼 무좀이 두껍게 올라온 손톱도 보였다.

어머나! 오늘도 윗도리에 경량 패딩 조끼만 하나 걸치고 파자마 바람이다. 집에서는 갑갑증 때문에 벗고 있다가 나온다고 하지만, 사시사철 똑같은 차림이다. 단추를 채우기도 귀찮았는지 젖꼭지까지 보이도록 풀어헤친 가슴에 드러난 갈비뼈가 앙상하다.

"이젠 약 사러 다니기도 힘들어. 사다 주는 놈이 하나도 없어."

비틀거리는 걸음걸이로 가족들 몰래 약국까지 오신 것이 분명하다.

"할아버지, 판○○ 자꾸 드시면 안 돼요. 그러니까 안 사다 주지."

할아버지에게 한마디 한다. 약으로나마 고통을 잊으려는 궁여지책인 걸 이해하면서도 걱정스러웠다. 젊은 시절 막노동으로 자식들 부양하느라 몸이 다 망가지고 이제는 뒷방으로 밀려나신 걸까?

이번에도 조카에게 당신 집에 부축해 달라겠네 싶은데 아니나 다를까! 손잡을 준비를 하고 서 있는 조카에게 거의 기대어 조곤조곤 당신이 얼마나 아픈지를 얘기하며 나가신다.

'니들이 내 인생을 알아'

♣ 습관적으로 먹는 약, 원한다고 무조건 원하는 대로 드릴 수는 없어요.

1707호는 없는데요?

새로 입주 중인 경기도 모 아파트 단지에서 개업했을 때다.

새 건물에 산뜻하고 세련된 실내장식, 아담한 약국이 참 맘에 들었다. 아파트도 새 건물이고, 약국 건물도 새롭고, 오가는 사람들 모두가 새로운 사람들이었다. 상가 사람 간에도 서로 잘 모르니 그저 눈인사만 하는 정도라 익숙한 게 하나도 없었다.

"약사님, 관절약하고, 유산균 한 상자 주세요."

"관절약은 1알씩 2회 드시고요."

"무릎보호대도 두 개 주세요."

"환자분 약 설명 다 하고 드릴 게요."

"약사님, 영양제도 하나 주시고요."

그 사람은 내 설명은 무시하고 계속 새로운 것들을 주문하며 다급한 듯, 밖을 내다보면서 약국을 휙 하고 둘러보았다.

"바쁘신가 봐요. 얼른 계산할까요? 그러면 상자에다 드실 용법을 동그라미 해드릴 게요."

급히 계산서를 써서 돈을 받으려고 했더니

"50만 원 수표 낼 건데 거스름돈 있어요?"

"잠깐만요, 아, 네, 있어요. 167,000원입니다."

신사가 수표를 내게 건네주었다. 뒤쪽에 사인을 요구했다. 이미 여기저기서 받은 사인이 많았다. 그 사람은 내가 준 볼펜을 거절하고 갑자기 연필을 꺼내더니 'OO아파트 202동 1707호'라고 썼다.

"거스름돈 여기 있어요."

그 남자가 나가는 걸 바라보고 기분 좋게 서 있었다. 그런데 갑자기 우리 아파트에는 1606호까지만 있다는 것과 우리 집이 끝 층에 끝 집인 것이 번뜩 떠올랐다. 남편에게 빨리 따라가 보라고 했다. 나도 철렁한 가슴으로 밖에 나가 서 있었다.

“아저씨, 202동은 1606호가 끝입니다. 거기 아는 사람 집인데요! 물건을 주시고 돈도 돌려주세요. 경찰에 신고하고 왔으니 여기서 주고 가든지 경찰서에 가서 해결하시던지요.”

돈과 함께 약을 받아서 돌아오는 남편을 보고서야 긴 한숨이 나왔다. 개업한 곳에 뜨는 신종 사기꾼들의 수법인 걸 모르고, 잠시 가슴을 쓸어내린 사건이었다.

♣ 정신을 똑바로 차려야지. 하마터면···.

휴! 신종 사기범에 주의하자

응급실

○○킬라 있어요?

남자분이 들어오자마자 머리를 긁으며 말을 더듬기 시작했다.

"약사님! ○○킬라 있어요."

"그럼요, 저쪽에서 골라 오세요."

죽지 않고 남아 있는 것도 있으니, 구석구석 잘 뿌리시고 편안하게 주무시라고 말해주었다. 돈을 받고 앉으려 하는데 할 말이 있는지 계속 머뭇거렸다.

"무슨 하실 말씀 있으세요?"

머리를 또 긁적이며 아랫부분을 가리켰다.

"밑에 가려운데 그 있잖아요?"

"사타구니 완선이요?"

"아니. 저… 저…"

"사면발이요?"

나도 어쩔 줄 몰라 고개를 끄덕였다.

"거기다 뿌리면 박멸이 된다고 해서요"

"선생님! 그럴 때 듣는 약이 있어요. 그걸 왜 거기에다가."

약을 주면서, 자고 난 이불도 빨아 햇빛에 말리라고 사후 설명도 해주었다.

♣ 파리·모기는 ○○킬라!, 뿌리는 약이라 해도 아무 데나 뿌리면 안 돼요.

빙초산에 발 담그면 안 돼요

인터넷도 유튜브도 없던 시기다. 토요일 오후에 약국 밖을 우연히 내다보고 있었다. 어떤 50대 아주머니가 다리를 절며 약국을 발견하자마자 반가운 표정으로 들어왔다.

"뭐 도와드려요?"
아주머니는 겸연쩍은 듯, 나를 바라보며 빙그레 웃으며 말했다.
"내 발에 무좀이 아주 심해서 어떤 사람들이 식초에 담가 보라 하길래."
"……."
"빙초산에 담갔더니… 그만….."
발가락 살갗이 염증으로 불에 덴 것처럼 벌겋고 쭈글쭈글해 화끈거려 보였다.
"으악, 얼마나 아프실까!~"
순간, 나는 입을 꽉 틀어막고 눈을 질끈 감았다.
"아주머니, 이게 뭐예요. 빙초산이 얼마나 독한데, 피부에 닿으면 화상을 입을 수 있어요."
"그러게요."
아주머니는 쥐구멍으로 들어가는 표정과 목소리로 나와 눈도 못 마주치고 의자에 가만히 앉아 있었다. 나는 얼른 화상연고를 발라주고 붕대로 잘 감아 주었다. 염증 치료제를 주면서 집에 가서 잘 먹으라고 했다.

문을 밀고 나가는 아주머니 등 뒤에다 대고,
"아주머니, 아무리 좋다고 해도 검증되지 않은 것이라면 절대 현혹되면
안 돼요" 하고 소리쳤다.

♣ 약은 약사에게, 처방은 의사에게 먼저 받으세요.

앵무새 아주머니

"언니 이게 무슨 약이야?"

나보다 나이 많은 여자분이 내게 언니라며 물었다.

"어머나, 언니라 해서 깜짝 놀랐네요."

"약사 언니 이게 무슨 약이에요?"

내가 자리에 간신히 앉는 걸 보았으면서도 나더러 반대쪽 자기가 있는 앞으로 오란 얘기다. 그때부터 40분 동안 왔다 갔다가 하면서 말을 자꾸 시켰다. 자기의 병세에 대해서 계속 앵무새처럼 똑같은 말만 하더니, 점심 시간이 지나고 나서야 병원에 가서 처방전을 받아왔다.

"아주머니. 잘 들어보세요. 조제 한 약은 아침 1포, 점심과 저녁에는 병에 든 알약 1개씩 식사하고 30분 후에 물 충분히 드세요. 여기에 당뇨약 과 간장약도 함께 들어 있어요."

손가락으로 일일이 짚어주며 복약지도를 삼척동자가 알아들을 만큼 세밀하게 해주었다.

"근데 언니, 아니 약사님?"

복약지도 하는 동안에도 자기 말만 계속하려 해서 나는 할 수 없이 저지했었다.

그런데, 아뿔싸! 병원으로 약을 들고 가서는 약이 틀린다고 항의하고 있다는 정보를 다른 환자들이 와서 전해 주었다. 아주머니가 다시 약국에 와서 알 수도 세보지 않고 약이 안 맞는 거 같다고 했다. 나는 처음부터 다시 차근차근 이야기를 해주었지만, 점점 내 목소리도 격앙해졌다.

눈으로 직접 보이는 곳에서 약의 수를 세며 확인시켜 주고 난 후에야 맞는다고 갈 준비를 한다. 그 후에도 똑같은 말을 계속하니 더 이상 대꾸하기 싫었지만, 고객은 왕이니 이런 고객, 저런 고객 항상 자신을 낮춰야 한다.

약사는 괴로워!

약을 잃어버렸어요

옷매무새가 단정하고 화장까지 하고 다니는 80대 할머니가 혈압약과 혈액순환개선제를 타러 오셨다. 언제나 환자들 사이에 독보적인 외모다. 조제한 약을 건네며 나도 모르게 한마디를 하였다.

"오늘 더 멋있으세요. 약은 하루 한 번, 같은 시간에 드세요. 심장을 꽉 짜서 모든 기관으로 잘 돌도록 하는 약입니다. 매일 잘 드세요."

"예, 다음 달에 봐요."

잘 가시라고 인사한 후 2시간쯤 지났다. 무심코 약국 너머로 그 할머니가 바삐 지나가고 있었는데 어느새 다시 돌아왔는지 약국에 들어섰다.

"왜 그러세요? 오늘 왜 이렇게 바쁘세요?"

"여기서 내가 내 약을 가져갔나요?"

"그럼요. 제가 빨간색 바구니에 넣는 걸 봤는데요."

"그렇죠? 그런데 집에 가서 아무리 찾아도 없어요."

"시장에서 빼놓은 거 아닌지 생각해 보세요?"

"그래서 들른 곳마다 다 가봤지! 그런데 없네."

"이름이 쓰여 있어서 찾으실 수는 있을 건데요."

"그럴까? 이제 놓쳤지, 뭐!"

할머니는 시장과 집을 서너 번이나 돌았다는데 지쳐 보였다. 혈압약은 일단 드셔야 한다는 내 말에 무슨 방법이 있냐고 하셨다. 의료보험으로는 안 되고 비보험으로는 할 수 있다고 했다. 의사선생님께 사정 얘기를 하면 의료보험 청구은 안 되고 일반 처방전으로 혈압약을 다시 구매하는 방법이 있다고 했다. 그리고 며칠 후,

"약사님! 내 약 찾았어요. 시장바구니에서 다른 건 다 빼고 약은 맨 밑
바닥에 깔려 있어서 접은 채 창고에 넣었나 봐."
"잘됐네요."
"난 얼마나 당황했는지!"

♣ 우리도 가끔은 잘 보관한 물건을 찾지 못할 때가 있지 않은가? 나이 듦을
인정하자.

조체빙

뭘 먹나요?

점심시간에 있었던 일이다.

남편과 함께 약국 안쪽에서 집에서 싸온 도시락을 꺼내서 막 한 수저 뜨려고 하는데 햇볕에 그을려 까무잡잡한 낯익은 할머니 한 분이 들어오셨다. 자주 오시던 분이다.

"잠깐만요." 하며 계산대로 나가려는데 이미 할머니가 약국 안 식사자리까지 들어오셨다.

"할머니, 이곳에 들어오시면 안 돼요."

"뭐 먹나? 밥 한 숟가락 얻어먹으려고."

내가 만류하는데도 식탁에 비집고 앉으려고 했다. 남편은 다른 사람과 함께 식사하는 걸 싫어하는 성격이다. 시골 허물없는 이웃은 누가 오면 함께 식사자리를 내주기도 하겠지만 여긴 도시 한복판, 그것도 약국 안에까지 서슴없이 들어서는 그분은 예의에 한참 벗어난 거였다.

깜짝 놀란 내가 먹던 밥이라 드릴 게 없고 두 사람 몫만 있다며 완강히 거절했다. 나의 거절에 반찬을 한번 휙 둘러보더니 먹을 만한 게 없다면서 나가셨다. 약을 사러 온 줄 알았는데 그날 그렇게 그냥 나가셨다.

나중에 안 일이지만, 할머니는 마을 어느 집이든 이런 식으로 다닌다고 한다. 왜였을까? 정말 배가 고파서? 아니면 그리 다니면서 밥을 얻어 드시는 게 그분의 일상이었을까? 지금도 의문이다.

♣ 상대방에게 먼저 예절을 지켜주세요. 당황스러운 행동은 삼가 주세요.

맨정신에 와주시면 고맙겠습니다

약국 문을 닫으려 할 때면 으레 술에 잔뜩 취해서 오시는 남자분이 있다. 그는 오자마자 일단 계산대에 당신이 산 과일 봉지를 전부 올려놓는다.

"약사님, 약사님, 비닐봉지 하나 주세요."

떨어질 거 같으니 한 장 더 넣으려나 보다 하고 한 장을 꺼내 주었다.

"여기 반 가지시고요…"

"아저씨, 우리도 방금 사서 여기 있어요." 하고 보여주니

"이것도 있어요? 수박 반 통 드릴 테니까 집에 가서 드세요."

"아니에요. 저희 냉장고에 많아요."

어느새 그는 두 손으로 수박을 쪼개고 있었다. 말릴 틈도 없이 온 바닥이 수박씨와 수박 물로 범벅이 되곤 했다.

"아저씨 왜 이러세요?"

"약사님 내가 주는 건 못 먹겠다는 겁니까?"

이미 취해서 아무 말도 들리지 않는지 본인이 지금 무슨 행동을 했는지도 모르는 상태였다. 실랑이할 힘이 없어서 그냥 그가 하지는 대로 지켜보았다. 그런데 그게 끝이 아니다. 약을 산다고 계속 무슨 말인가 하였다. 나중에 사시면 안 되느냐고 해도 그것도 막무가내다. 끝까지 얘기를 다 들어주고 복약지도를 해서 약을 들려 보내려 했는데, 한 얘기 또 하고 한 얘기 또 하고 술주정이다.

퇴근을 못 한 지 30분이나 지났다.

한참 눈 감고 있더니 갑자기 무슨 생각인지 일어나 가길래 후다닥 갈

준비하고 문을 잠그려고 불을 껐다.

그 순간, 다시 또 물어볼 게 있다면서 약국문을 밀고 들어왔다.

"약속이 있어서 가 봐야 해요" 하며 밀어내도 막무가내다. 할 수 없이 그분 아내에게 전화를 걸었다.

"아주머니, 아저씨가 여기 와 계시는데 모시고 가셨으면 해요"

"아휴, 미안해요. 금방 가요."

아저씨 부인이 온 다음에야 나는 퇴근할 수 있었다.

♣ 지나친 친절은 사양합니다. 언제 와도 반가운 손님이면 좋겠어요.

다음에 또 만나요

50대 중년남자가 들어오더니 계산대에 처방전을 휙~ 던지는 게 아닌가. 왜? 이렇듯 무례하지 싶어 벌떡 일어나면서 그의 얼굴을 흘끔 보았다. 눈이 작고 한 성격 할 듯한 모습이었다. 그분은 씩씩거리며,

"저기, 약국마다 약값이 왜 달라?"

불쑥 던지는 첫마디부터 내 기분까지 언짢아졌다. 나도 인상을 쓰면서

"예? 무슨 말씀이세요?"

"처방전을 들고 갔는데 약값도 비싸고 약도 달라서 처방전 던지고 나왔어요. 그리고 왜 그렇게 불친절해."

그분의 행동에서 친절하게 뭘 설명해 줄 수 없는 분위기였다. 눈에서 굉장한 레이저 빛이 번뜩거렸다. 아무 잘못도 안 했는데 나까지 위축될 지경이다. 그런데 그 순간 나를 신뢰하여 찾아오는 것만으로 감사하자 하는 마음이 들었다.

어느 날 그분이 약국에 들어서더니 사는 게 재미가 없다면서 죽고 싶다고 하는 게 아닌가? 처음엔 농담인 줄 알았는데 몇 개월이나 같은 말이 계속되었다. 나는 돌아가는 그의 등 뒤에다가 꼭 살아야 한다고 큰소리로 말해주었다.

내 말이 잘 들릴까? 어떻게 말하면 좋을까? 짧은 시간에 생각하다가 그의 등 뒤에 대고,

"다음에 또 만나요. 꼭~이요!"

한 달쯤 지나 그 아저씨가 씩 웃으며 들어왔다. 웃는 것을 처음 보았다. 나는 반갑게 맞이했다.

"내가 죽은 줄 알았죠? 약사님이 다음에 꼭 만나자고 해서 다시 살아서 왔어요."

내가 그런 말을 해서 살았다고는 못하겠지만, 사람은 마음먹기에 달렸는데 살아야 할 이유와 희망을 주는 말 한마디가 그분에게는 약이 될 거라는 생각이 들었다.

♣ "다음에 꼭 만나요" 따뜻한 말 한마디가 때론 명약이 되기도 합니다.

보너지
ㅇ
X

그걸 먹으면 어떡해요?

60대 여성분이 유산균을 달라고 하였다.

"셀티○○는 생 유산균이고요. 냉장고에 늘 보관하셔야 해요."

"언제 먹나요?"

"식전에 1~2캡슐씩 드세요."

"장내 균의 비율을 정상화해 주고 변도 고르게 나옵니다. 이것은 보냉제입니다. 먹으면 안 되고요. 가시는 동안 약물 보호하는 용도로만 쓰입니다."

보냉 백에 약을 담아주었다. 여러 번 주의사항과 용법에 관해 설명해 주었다. 다음날, 약국 문을 열고 한가로이 커피를 마시고 있는데

"약사님, 저 어제 유산균 사 간 사람인데요."

"예, 환자분, 약은 드셨나요?"

"약은 먹었어요. 근데 거기 넣어 주신 음료수 맛이 이상해요!"

"제가 음료수를 넣어드리지 않았는데요."

"집에 가서 보니까 그게 있어서 먹었더니 속이 뒤집혀서…"

"예? 그거 보냉제라고 했는데요."

"보냉제요? 자다 일어나서 시원한 거 찾다가 음료수인지 알고 마셨다가 뱉었어요."

"어머나, 저런…"

내 말을 잘 듣고 가셔서 딴짓하다니!

♣ 제발요! 약사의 말을 잘 좀 들어 주시라니까요!

놀이터에서 약을 주웠어요

"여보세요? 영락 온누리약국입니다. 말씀하세요?"

"여기 놀이터에서 약을 주웠어요."

"무슨 약인가요?"

"조제 한 약인데요. 한 보따리예요."

"이름은 뭐라 씌어 있나요?"

"○○○라고 써 있어요."

"아, 그분요, 아침에 약 지어가셨는데."

약을 짓고 놀이터에서 쉬어간 모양이다.

그래도 그걸 발견해서 약국에 전화해 준 분이 고마웠다.

"혹시 약국은 어딘지 아세요?"

"그럼요."

약국으로 갖다주면 환자분한테 연락하여 가져가도록 하겠다고 했다. 약을 지은 분은 치매가 조금씩 오고 있는 분이었다. 연락해도 연락이 잘 안 되었다. 병원에 또 약을 타러 올지도 몰라 병원에 연락해 놓고 하루가 지났다.

다음날, 딸과 함께 약을 지으러 왔다. 마침 내가 연락해 준 간호사가 자리를 비웠던 터에 또 진료받고 처방전을 가져온 것이었다.

"할아버지, 어제 놀이터에 갔었어요?"

"아뇨, 집으로 곧장 갔어요."

"아버지, 어제 늦게 들어오셨잖아. 그럼, 어디 갔다 온 거야?"

딸이 말했다.

“그랬나. 갔다 왔나? 잘 기억이 안 나는데.”

“어제 놀이터에서 약을 주워다 준 사람이 있어요.”

보관한 약을 내주었다. 아버지의 얼굴에 땀을 닦아주며 딸은 연실 인사를 했다. 안 그래도 뭘 자꾸 놓고 다니고 잊어버린다고 했다. 이제 혼자 다니게 하면 안 될 거라고 조언해 주었다.

치매가 제일 무섭다. 자기를 잊어버리는 병이라.

 ♣ 기억을 갉아먹는 병, 치매에 안 걸리려면 평소에 독서를 많이 하든가, 머리를 많이 써야 합니다.

스무고개

충남 서산 장수마을

영〇 온누리 약국
아기자

코로나 팬데믹이 시작되던 초기에는 마스크를 사려고 약국마다 장사진을 이뤘다.

우리도 줄 세우는 알바생을 써야 할 정도로 줄이 길게 서 있었다.

"언제부터 마스크 팔아요?"

7시부터 와서 서 있던 사람들의 추위를 달래주기 위해,

"미얀마에서 사 온 밀크티이니 한 잔씩 드시면서 기다리세요." 하고 말했다.

마스크가 오더라도 분할 판매해야 해서 사람들이 또 기다려야 했다. 수요와 공급의 불일치로 인해 많은 사람이 그냥 돌아갔다. 우리 모두의 처지가 가여웠다. 마스크에 목숨이라도 걸린 양, 정말 그때는 마스크가 없으면 죽을 것 같은 공포감이 들었을 때다.

차를 마시고 있는 사람에게 주먹을 불끈 쥐고 팔을 높이 올렸다.

웅변하는 사람처럼,

"여러분! 이런 상황 겁내지 말고 조금씩 양보하고 배려하면 이길 수 있습니다. 코로나를 이깁시다."

"어머, 약사님! 얼마나 위로받았는지 몰라요. 감동적인 간결한 말! 정말 좋았어요."

수습해 보려는 간절함과 긍휼함이 섞여 있다고 했다. 그날 이후 아주머니는 우리 약국의 단골이 되었다.

♣ 진심은 언제나 통한다.

마스크 대란

마스크 대란으로 사람들이 주민등록증을 들고 약국에 줄을 서던 시기의 일이다. 사람들이 연일 아침부터 약국 문을 두드리며

"마스크 언제 팔아요?"

나는 아무 말도 없이 손을 들어 마스크를 팔기 시작하는 시간을 알려주었다.

어느새 나도 수도 없이 묻고 답하는 사이 타성에 젖어 버렸다. 한 사람씩 확인 후 컴퓨터에 입력하고, 마스크를 건네주고 돈을 받으려니 혼자선 못하는 상황이었다. 아들이 나와서 마스크 판매 일을 도와주고 있었다. 인상이 험악하고 술에 잔뜩 취한 중년의 아저씨가 주민등록증을 내밀었다.

"아저씨, 오늘 날짜가 아니라서 못 드려요. 컴퓨터에 입력이 안 됩니다."

"뭐라구? 이 XY야! 여태 줄 서 있었는데 이제 안 줘."

"제가 안 드리는 게 아닙니다. 다음 분?"

"아니 이것들이…." 그분 입에서 심한 욕설이 터져 나왔다.

나는 이 상황을 빨리 모면하고 싶었다. 아들에 대해 방어를 쳐야 하는데 그러지 못했다. 그 사람이 이 자리를 떠나야 일이 해결된다는 생각에 같이 큰소리를 내지 못하고 머뭇거렸다. 뒤에서 사람들이

"저 사람 끌어내요."

"주민등록번호가 해당 안 되는 날인데 와서 달라고 하다니! 쯧쯧."

"아저씨 빨리 나와요."

순식간에 약국은 아수라장이 되었다.

비틀비틀 나가다가 사람들의 소리를 듣고

"왜 나한테 그래? 이 새끼들아."

아들은 자기가 욕을 먹고 있는데 그냥 보고 있는 엄마가 어디 있느냐고 투덜거렸다.

♣ 아들아, 미안해. 아들을 우선 보호했어야 했는데.

진뼈야...

나는 뇌가 안 아파

"나는 고혈압약만 지어달라고 했는데 이게 뭐야?

오랫동안 다니던 70대 할머니다.

"잠깐만요. 확인 좀 해 볼게요."

"이건 달라고도 안 했는데."

"어머니, 전부터 드셨구만. 웬 오리발이야? ㅋㅋㅋ"

"뇌 영양제가 무슨 약이야? 나는 뇌가 안 아파."

"뇌가 아프면 여기 못 있어요. 기억력과 인지력을 개선하여 집중력이 없어지지 않게 하는 약이에요."

"나한테 말도 안 하고 팔아먹는 거네."

처방전대로 드렸는데, 달라지 않은 약을 주었다고 투덜투덜, 약값이 비싸다고 투덜투덜.

"지난달에도 있었는데요, 처방전대로 한 거지요. 아이참 내."

♠ 약사들은 오로지 환자의 건강을 우선으로 생각한답니다. 믿어 주세요.

양

간식을 챙기는 아주머니

약국 문이 스르르 열리고 낯익은 목소리만 들렸다.

"언니 이거 가져 가" 우리 조카를 향해 소리쳤다.

"이게 뭐예요?"

"출출한 시간이라 감자 좀 쪄 왔어. 따뜻할 때 얼른 먹어."

"잘 먹을게요." 우리는 감사하다고 동시에 합창했다.

뜨끈한 감자가 파슬파슬해 보이니 정말 맛있게 생겼다. 나는 탄수화물을 되도록 제한한 음식을 찾던 중이었다. 그런데 "이건 못 참아." 하면서 한입 문 순간 너무 맛있었다. 번갯불에 게 눈 감추듯이 먹어 치웠다.

아주머니는 수시로 우리에게 간식을 챙겨 주신다. 어떤 날은 옥수수, 빵, 만두, 어묵 등을 사 오신다. 이왕이면 "뭘 사 올까?"하고 물어보고 사 오셨으면 더욱 좋겠다는 괜한 욕심을 부릴 만큼 아주머니가 주시는 간식을 당연한 것처럼 받아먹곤 한다.

'방울토마토요. 딸기요 하고 싶지만, 어찌 그러리요!

주시는 대로 감사하며 서로 정을 나누며 사는 게 우리네 정서인데…'

나도 아주머니가 필요하시겠다 싶은 몇 가지 비상약을 좀 챙겨 드렸다.

"약국에서 약을 무료로 주는 게 어딨어?"하고 웃으신다.

♣ 훈훈한 인정은 오고 가는 맛!

안약

눈탱이 약 주셔

얼굴이 후덕하게 생기신 할머니가 한 분이 약국 문을 열고 성큼성큼 들어오셨다.

"거, 뭐다요. 눈탱이 약 하나 주쇼?"하며 의자에 앉았다.

"예, 눈탱이 약이요?"

다른 분이 다쳐서 다급하게 들어오신 건가 하고 다시 물었다.

"누가 다치셨어요?"

"아니요. 전에 사 갔던 눈탱이 약이요?"

나는 순간적으로 웃음이 터져 나올 뻔했다.

"할머니! 눈탱이가, 밤탱이 된 줄 알았지요. 눈 영양제 루테인 말씀이시죠?"

그제야 맞다고 고개를 끄덕였다.

노인들은 영어 발음도 쉽지 않고, 기억력도 희미해져서 정확하게 말씀을 잘 못하실 때가 있다. 할머니는 민망해하며 연거푸 "미안하네, 미안하네" 하셨다.

나도 실수할 때가 있다면서 할머니 등을 토닥이며 보내드렸다.

마치 나의 미래를, 내 모습을 보는 듯하다.

♣ 노인은 나의 미래이니 어르신들에게 항상 웃으며 대해야죠.

야
야
야
야

유통 질서를 지켜 주세요

"약사님! 아○○○ 골드 하나 주세요."

"여기 있습니다."

"이거 얼마예요?"

"이 약은 하루 두 번 식후에 드시고요. 혹시 속이 쓰리시거나 메슥거리지는 않으시나요?"

"얼마예요?"

"3만 천원 이예요."

"어머 너무 비싸요. 종로에서는 훨씬 싼데요."

"환자분, 약국마다 유통되는 수량에 따라 조금 차이가 있을 수 있고요. 어떤 물건은 다른 약국보다 싼 것도 있어요."

"그래도 싸게 해주세요."

"이건 그렇게 사 가시고 다른 약을 사 가실 때 저렴하게 해 드릴게요."

가끔은 어떤 사람들이 1,000원 정도 빼 달라고 계속 서서 실랑이를 벌이기도 한다.

유통 질서라는 게 있는데 어쩌란 말인가? 우리는 마진도 챙길 수 없는 소상인인데 말이다. 약에 대한 설명이나 복용법도 하나도 귀담아듣지 않고 무조건 가격만 얘기해서 나를 혼란스럽게 한다.

♣ 약국은 환자의 건강 회복을 돕는 곳이랍니다. 유통 질서를 잘 지켜주세요.

조제약

언니 없다

60대 아주머니가 약국 문을 쓱 열고 들어오자마자,

"언니, 머리 아픈 데 무슨 약 먹어?"

"머리가 어떻게 아프세요? 언제부터 아프세요?"

"점심때부터."

"혈압약을 드세요? 혹시 가슴이 답답하지 않으세요?"

"혈압약 아침에 먹었어. 머리만 아파."

나한테 세세하게 아픈 거를 설명해 줘야 정확한 약을 주지 않는가? 사람들은 늘 이런 식이다. 원인을 먼저 말해주면 알아듣기 쉬운데, 그냥 임기응변으로 바쁘다고 핑계 대면서 뭐든 자기 식대로 하려는 습관이 있다.

두통의 원인은 상당히 많다. 어떤 원인이든 약국에서 해결할 수는 없지만 그래도 대강 설명을 들으면 상황 파악이 된다.

"이 약하고 이 약 함께 드세요."

"아니 난 이것만 먹을래."

이렇게 반말에다가 해결책을 주려 해도 약사의 말을 도무지 받아들이지 못하는 환자에게 더 이상 다가갈 수 없었다. 그저 일반 진통제를 주는 것 이외에는….

'나는 그런 동생 둔 적이 없답니다. 대체, 언니가 뭡니까?'

♣ 정확한 증상을 얘기하면 금방 낫는 약을 받을 수 있잖아요!

스무고개

"약사님 그거 주세요."

"증상을 말씀해 주세요."

"저쪽에서 꺼내 주던데. 잘 들어서 사러 왔어요."

"환자분, 증상을 말씀하시든지 아니면 이름을 알고 오시든지 해야지. 이쪽에 이렇게 약이 많은데…."

"거 있잖아. 배 아프다고 해서 왔더니 두 가지 줬잖아요."

"이거요? 아니면 이거요?"

여러 번 물어도 다 아니란다. 나는 분명 그 약을 준 기억이 나는데 말이다.

그 증상이었을 때 내가 주던 약을 모두 꺼내 보이다가 지쳐버렸다. 집에 가서 먹던 상자를 찾아오시라 하고 돌려보내고는 곰곰 생각했다. 그리고 전에 주었을 법한 약을 계산대에 올려놓고 기다리고 있었다.

"약사님 이 약이요."

맨 처음에 내놓았던 약과 똑같은 약이다.

'이 약이 여기 이 약이구먼. 뭐가 아니라고. 내가 알아서 챙겨줬는데. 괜히 다리품만 팔았네.'

나는 은근 짜증이 났지만, 어쩌겠는가? 고객인데….

♣ 먹던 약상자를 오려서 가지고 오시면 훨씬 빠르고 정확해요.

어머나! 김장도 할 줄 몰라요?

약국에 오시면 항상 배낭에서 동전을 찾아 박카스를 달라고 하는 아주머니가 있다.

집안 이야기와 가끔 아들, 딸 이야기 하면서 신이 나서 들려주신다. 살림 솜씨를 자랑하며 동네 사람들과 나누는 정 이야기도 빼놓지 않는다.

그러던 어느 날,

"약사님, 김장했어요? 우리 김치가 맛있게 됐다고 해서 동네에 나누고 있는데 여기도 한 포기 줄까요?"

김장 맛은 집마다 달라서 선뜻 가져오기가 좀 그랬다며 나중에 갖다주겠다고 한다.

"그렇게 다 나누면 한겨울에 뭘 먹어요?"

"금방 담그면 되는 거 또 담지 뭐."

"김장은 연중행사 같은 거잖아요? 난 창피한 얘기지만 김장할 줄을 몰라요."

"저런! 그럼, 김장을 해 보기는 했어요?"

"살면서 5번쯤 김치는 담갔어요. ㅋㅋ."

"겨울엔 뭐로 먹었어요?"

"여기저기서 김장했다고 주고, 또 사서도 먹고요."

"내가 한 통 갖다 줄게요."

그해도 약국에 오는 손님들이 갖다준 김치로 겨울을 지낼 수 있었다.

그 아주머니는 된장, 고추장까지 모두 퍼다 약국 계산대 위에 놓으며

"된장이나 고추장은 담을 줄 알겠어요? 모두 다 사 먹을 테지."

씩 웃으면서 나가신다. 그러다 보니 나는 동네에서 살림 못 하기로 소
문난 사람이다. 약간 억울하기는 한데 이대로 살려 한다. 단골손님이 나
눠주는 사랑만으로도 배부르니까.

불길한 예감은 틀린 적이 없다

"약사님! 내일 아침 9시에 오면 되나요?"

"예, 약이 8시 30분 전에 오니까 그때 오시면 충분해요."

어떤 환자가 왔는데 처방 약이 부족하여 다 못 지어주었다. 대부분 우리 약국에 오는 환자들은 내 사정을 잘 봐준다. 실수로 혹은 그날 조제해 나간 양이 많으면 약이 가끔 떨어지는 경우가 있다.

도매상 약 배달 코스보다 내가 문을 조금 늦게 여니까 앞집 편의점에 놓아두었다. 그리 멀지 않아서 다시 구두를 신는 게 귀찮아 슬리퍼를 신고 갔다. 상자를 들고 열심히 걸어오는데 왠지 넘어질 것 같은 불길한 예감이 들어 땅을 더 꾹꾹 밟았다.

약국 계단이 보여 안도하는 순간, 슬리퍼 한 짝이 공중으로 날아가 버렸다. 억지로 안 넘어지려고 하다가 그만 상자를 놓치고 무릎을 꿇는가 싶더니 한 바퀴 돌아 길바닥에 일자로 드러눕고 말았다. 그날따라 원피스를 입고 있었다. 무릎뼈가 너무 아파서 한참을 계단에 앉아만 있었다. 주위를 살피고 있는데 어떤 남자분이 나를 일으켜 세워주고 약을 주섬주섬 담아주었다. 얄궂게도 그분이 나의 모든 장면을 보고 있었다. 너무 창피하고 민망해서 얼굴이 빨개졌다.

"조심하시지!"

"그러게요."

"뭘 도와드릴까요?"

"약사님이 먼저 도움을 받아야 하겠네. 무릎에 피, 피가 뚝뚝…!"

"네, 감사합니다. 약 사고 가시면 제가 치료할 게요!"

그분은 파스 한 매를 달라고 하더니 빨리 병원 가보라고 조언까지 하며 나갔다.

흐르는 피를 보니 더 아픈 것 같았다. 움직이기도 힘들어 간신히 솜을 찾아 피를 닦고 멍하게 앉아 있는데 넘어지던 장면이 떠올라 점점 창피한 생각이 들었다.

어휴, 원피스 입고 대자로 누워 있는 내 모습!

박○스 하나만 주세요

40대 단발머리 아주머니,

느릿한 걸음걸이로 과자봉지를 들고 약국 문을 밀고 들어온다.

"박○스 하나만 주세요."

자기 봉지 걸 다 꺼내 놓고 쥐고 있던 돈으로 값을 치렀다. 돈 계산도 잘하고 자기 것을 챙기는 것도 잘한다. 달라는 것을 꺼내어 계산대 위에 올려놓고는 거스름돈을 세서 주려고 하면.

"저 이거 안 먹을래요."

"그래요? 정말 안 먹을 거죠?"하고 냉장고 제자리에 넣는다.

자기 과자를 봉지에 담아 넣고 다시,

"박○스 하나만 주세요."

확답을 받고 나서 박○스를 주니 꿀떡꿀떡하고 넘긴다. 그러다가 그 병에 먹었던 박○스를 다시 담는다. 한 모금 넘기다 말고 병에 밀어 넣는다. 그러기를 여러 차례, 다 먹었나 하고 쳐다보고 있으면 뒤돌아서 또 그런다. 정수기 앞에 가서 물을 그 병에 하나 가득 받는다.

"뭐 하시는 거예요?"

먹었다 뱉고, 먹었다 뱉고 거듭하니 점점 비위에 거슬렸다.

"여기 묻어 있는 거까지 먹어야 해요."

"다 먹었으면 이제 가세요."

그 아주머니는 또다시,

"박○스 하나만 주세요."

아까 먹어서 안 판다고 하니, 다시.

"그러면 구론O 주세요."

집요하게 달라고 요구했다. 다른 손님들이 있는데도 똑같은 말을 반복한다. 큰소리로 얼른 가라고 얼러도 안 가고, 줄 때까지 버텼다. 그때 손님들이 거들었다.

"제발 한 병만 먹었으니 가 주세요."

♣ 약국에서 입안 되새김질을 하면 안 되지요.

복용 약은 낱개 포장으로

70대 할머니가 화가 잔뜩 나서 약병을 들고 약국에 찾아왔다. 여기는 약을 맨날 가져가서 먹다 보면 약 수량이 틀린다면서 계산대에 약병을 올려놓았다.

"환자분, 왜 그러세요?"

"약이 왜 맨날 틀려요?"

"뭐가 틀린다는 말씀인가요?"

원래 내 목소리가 차분하긴 하지만 그날은 조금 크게 말했다.

"여기는 하나가 남았고 여기는 3개가 남았고요, 여기는 4개가 남았어요."

"며칠에 약 받아 가셨는지 한번 확인하고요."

"환자분, 그러시네요. 그런데 이렇게 틀릴 일이 없는데 잘 못 꺼내 드셨나 보네요. 포장이 30개짜리이고요. 통째로 나가는 약인데 틀렸으면 제약사에서 이걸 다 틀리게 넣었을 리가 없어요."

"왜 틀리나요? 그럼."

"착각해서 두 알을 드셨거나 약 꺼내다가 떨어뜨리셨을 거예요."

"떨어뜨리지도 않고 한 알씩 꼬박꼬박 다 잘 먹었어요. 제약사에서 틀린 게 아닌가요?"

결과적으로는 환자가 잘못 드신 게 확실한데도 우기고 본다.

"예? 아뇨, 제약사에서 틀리는 경우는 저 여기서 약국한 지 거의 20년 됐는데 그런 경우 한 번정도도 있었어요. 그러면 바로 회수해 가요. 여기서 가실 때 일일이 하나씩 확인해 드렸고요. 그렇죠?"

“예.”

“그런데 약이 없는 건 착각하셨을 겁니다. 약이 어차피 짝이 안 맞으니, 처방전을 가져오시고요. 한 포에 세 알을 한꺼번에 넣어드리면 되겠죠?”

“아, 그럼 되겠네.”

그 할머니는 전에도 같은 항의를 한 적이 있기에 조제해 드린다 했는데도 병째 달라고 하더니 이제는 조제해 달라고 했다.

항상 패턴이 똑같다.

♣ 약은 어르신들에게는 되도록 낱개 포장으로 해 드려야 좋다.

마스크 맨

"약사님! S 제약입니다. 안녕하십니까?"

처음 보는 영업사원이 약국으로 들어서며 반갑게 인사했다. 그런 그에게 내가 대뜸,

"전 담당자는 어디로 갔어요? 바뀌었나 보네요."라고 했다.

그는 재차 자기의 소속을 말하고 어떻게 자기를 몰라보냐는 눈초리로 나를 바라보았다. 코로나 시대의 영업사원은 마스크를 써야만 약국에 드나들었고, 대화 중에도 더욱 벗는 일이 없었다.

코로나 시기를 넘기고 그가 처음으로 마스크를 벗고 약국을 방문한 것이었다. 나는 마스크 속의 그를 갸름하고 귀공자 유형일 것이라 상상했다. 키가 훤칠하고 예절도 바르고 목소리도 좋고 친근감이 있는 성격이어서 소개해 주고 싶은 여자를 찾을 정도였다.

그런데 마스크를 벗은 그의 맨얼굴을 본 순간 나도 모르게,

"그 멋진 사람 어디로 가고…"

큰 소리로 말해 버렸다. 상상했던 그의 이미지와 전혀 달라서 한 말이 그에게 큰 말실수를 한 것이었다. 나는 민망함에 얼굴을 붉히고 고개를 푹 숙였다.

웃음을 참지 못한 조카는 조제실로 자리를 피했고, 그도 창고로 들어가 자기네 회사 약품의 재고를 파악하고는 총총히 가버렸다.

"근데 고모, 어떻게 사람을 앞에 두고 그렇게 말씀하실 수가 있어요? 어떻게 책임지실 거예요?"

조카가 웃음을 참으며 이야기했다. 그날은 서로 얼굴이 마주치면 웃음

이 나와서 눈도 못 마주쳤다.

　일주일 후, 그가 다른 회사로 옮겼다는 말을 다른 영업사원을 통해 알았다. 그 일 때문만은 아니었겠지만.

　어떡하니!!

♣ 마스크맨! 미안해요. 선입견의 오류랍니다.

chapter 3

비닐봉지 팔아서 부자되쇼

이리 좀 나와 봐요
아이스크림이 맛있어서
약을 함부로 버리지 말자
잉꼬부부
온누리 건강복지회 후원
교분 할머니, 홍자 할머니
왜 맨날 내 약만 없어?
딸! 나 왔어
비닐봉지 팔아서 부자되쇼
약국에선 해결이 안 돼요
병원에 먼저 다녀오세요
자양강장제 하나 안 주는 여자
아직은 정신이 온전하다우
알약은 못 먹어요

한꿈학교

이리 좀 나와 봐요

"약, 지어주세요."

"기다리는 환자분들이 많으니, 순서대로 해 드릴 테니 잠깐 기다리세요."

그분은 약을 기다리는 동안에 킬라를 만지작거리다가

"이거 얼마예요? 잘 들어요?" 하고 물었다.

직원이 응답하여 주고 포스를 찍으면서 비닐봉지에 담아주었다. 함께 조제약을 담고 복약지도를 해주었다.

"친환경 비닐봉지라 좀 약하니까 잘 들고 가세요."

그런데 문을 열고 나가자마자, 빠직하면서 물건 떨어지는 소리가 났다.

그때 나는 바깥을 내다보며 전화 통화를 하고 있었다. 그 아주머니가 불쾌한 듯 나를 째려보고 있었다. 설마 했더니만, 그렇게 약한 걸 들고 가라고 했냐는 듯이 아래를 자꾸 가리켰다.

"이리 나와 봐요!"

뛰어나가서 보니, 환자는 그것에 대한 수습을 전혀 하지 않고 우리를 불러 우리가 확인하기를 바랐다. 얼른 약을 집어 들고 약국으로 안고 들어왔다.

환경 봉투는 약해서 잘 찢어진다. 조금이라도 균형이 맞지 않으면 손잡이가 찢어졌다. 다행히 약이랑 킬라는 아무렇지도 않았다. 다시 새 봉지에 담아주었다. 사실 그 상황에서 내가 무슨 말이라도 해야 했지만, 그 아주머니는 처음부터 화가 나 있었기 때문에 말을 붙이기가 어려웠다.

"안녕히 가세요."

아이스크림이 맛있어서

너무 무덥던 여름날,

두세 사람의 약을 조제하고, 일반 약 상담을 하고 나니 땀이 주룩주룩 흘러내렸다. 약국에는 에어컨 두 대가 쌩쌩 돌아가는데도 바깥이 워낙 뜨거우니 견디기가 힘들었다.

"아이스크림 먹을래?"

내 말에 조카가 월○콘을 사 왔다. 반쯤 먹고 있는데 환자 한 분이 오셨다.

"두통이 너무 심해요. 타○○늘 먹었는데 안 들어요."

"한쪽 머리가 욱신욱신하면서 아프세요?"

"갑자기 딱딱 치면서 이를 악물 정도예요."

의자를 돌리면서 일어나는데 먹던 아이스크림 꽁지의 과자 조각이 눈에 띄었다. 나도 모르게 손으로 집어 입으로 얼른 넣었다. 이미 수습 불가의 상황이다. 환자가 나를 빤히 쳐다보고 있었다.

"신경성 두통인데요. 딱따구리가 따다닥 치는 거 같이 아팠다가 괜찮아졌다가 하는군요."

아무렇지도 않게 입술에 뭐가 묻은 양 입술을 만지며 이야기를 이어갔다.

"예. 맞아요. 딱따구리가 나무를 치는 것처럼."

"예전에는 그럴 때 먹는 약이 나왔었는데 지금은 사라졌어요. 그래도 이 약은 잘 들어요. 두 알씩 두 번 드세요."

내 옆에서 조카가 내가 무슨 약을 주나 하고 빤히 쳐다보고 있다가 입

66

을 닦는 시늉을 하는 나를 보고 끽끽거리며 웃고 있었다. 환자에게 얼굴도 못 들고 약만 주었다.

환자가 보지 않았으면 하는 민망한 눈으로 조카를 바라본 순간 억지로 참고 있던 웃음이 나와 깔깔거렸다. 조카는 연기라도 해야 한다는 내 심리까지 읽고 배를 잡고 웃었다.

그 환자분이 나가면서 툭 한마디 던졌다.

"흰 가운 주머니에도 한 조각 더 떨어져 있어요"

♣ 아무리 맛있어도 떨어진 건 주워 먹지 말자.

약을 함부로 버리지 말자

얼굴이 노랗다 못해 새까만 노인 한 분이 오셨다. 처방전에 대한 복약 상담도 꼼꼼하게 듣고 궁금한 것을 묻고 또 물었다.

"약사님! 이 약 먹기만 하면 꼭 낫는 거죠?"

"그럼요. 두 달이면 얼굴이 지금보다 훨씬 좋아지실 거에요."

"뭘 먹지 말아야 할까요?"

"약주는 절대 금하시고요. 동물성 지방과 단백질은 피하고 식물성 위주로 즉, 콩·두부·달걀흰자를 드세요."

노인은 두 달분 약을 꼬박꼬박 잘 챙겨 드시고 다시 나를 찾아왔다.

"약사님! 나 술을 끊으니까, 몸이 아주 좋아졌어."

"어머! 얼굴색이 좋아지고 윤기가 좌르르 흐르시네요."

노인은 신이 나서 자기의 식이요법에 대해 말했다. 잘한다고 부추겨 주었다.

두 달 후, 노인은 또 약을 지으러 왔다.

"아버님, 약 잘 잡숫지요?"

나의 물음에 이번에는 대답이 영 신통찮았다. 그때도 당신 얼굴 색을 봐달라고 했다.

또 다시 두 달 후에 약국에 들른 노인이 처방전을 내밀었다.

"이 약은 아직도 많이 남았는데 또 처방했네."라며 정작 의사에게는 말을 못하고 약사인 나에게 짜증을 냈다.

"병원 처방전 대로 약을 다 드셨어야죠. 얼마나 남았어요?"

지난 달부터 약을 안 드셨다고 했다. 처방된 약을 꼭꼭 챙겨드셔야 하

고 처방된 약에 관해 설명해 드렸다.

얼마 후에 약국에 들른 노인이 이미 그 약을 버렸다고 한다.

"꼴 보기 싫어."

몸이 좋아지니 약을 안 먹고, 차곡차곡 쌓이는 게 싫으셨던 모양이다.

"버릴 거면 뭐 하러 가져가셨어요?"

♣ 의사에게 진료받을 때는 약이 남았다고 미리 말하자. 안 먹는 약은 함부로 버리지 말고 약국에 반납해야 환경 오염을 막을 수 있다.

잉꼬부부

"어서 와요."

"우리가 먹는 약 주세요."

언제나 무뚝뚝하고 무표정으로 눈동자를 굴리면서 말하는 그녀를 보면 왠지 주눅이 든다. 그래도 오래된 단골이라 대강 말을 해도 알아듣고 약을 챙겨 주곤 한다.

"게O린 3상자. 타O레놀 3상자…."

조카가 옆에서 바라보다가,

"알아들을 거로 생각하고 얘기하는 사람도 대단하고, 그걸 다 알아듣고 주는 고모도 참 대단해요. 어떻게 그걸 다 기억하고 꺼내 줘요?"

"오래 정들면 이렇게 된단다."

"자기야, 약 살 거 더 있어?"

그녀는 남편에게 전화로 꼭 물어서 확인한 후에 약을 챙겨 산다. 가끔은 부부가 같이 오기도 하는데 아내가 남편에게 "약사님이 나 이거 먹으라고 했는데."라며 자기에게 필요한 약을 사기도 한다.

나에게는 무뚝뚝한 그녀가 코 평수를 넓혀가며 남편에게는 온갖 애교 눈빛을 발사하면 만사형통이다. 아내고 남편이고 서로가 팥으로 메주를 쑨다고 해도 믿을 것 같은 요즘 보기 드문 닭살 부부다.

남편은 항상 아내와 붙어 다닌다. 출퇴근할 때 마주칠 때도 있는데 남편이 자전거에 아내를 태우고는 신나게 페달을 밟는다. 그들은 세상에서 부러워할 만한 직업을 갖지는 않았지만, 그렇게 돈이 많은 것 같지도 않지만, 둘이 함께 있을 때면 늘 함박웃음을 날린다.

이따금 내다본 약국 너머로 국숫집 창가에서 앉아 있는 부부를 보게 된다. 부부가 무슨 얘기를 하는지 연신 웃으면서 국수를 먹는 모습도 여러 번 보았다.

저것이 바로 행복이거늘, 우리는 항상 멀리서 파랑새를 찾는 건 아닐까?

온누리 건강복지회 후원

"사모님, 오늘 시간 내실 수 있으세요?"

"예. 약사님! 오늘은 몇 박스예요?"

"12박스가 왔어요."

"세 사람은 가야겠네요. 목사님과 아들이 집에 오면 함께 7시까지 갈게요."

나는 '온누리 건강복지회'에서 후원 약품을 받아 국내의 지방이나 산간 벽지의 여러 곳, 또 동남아시아와 아프리카 지역에 약품을 후원하고 있다. 후원 약품들이 도착하면 나는 몇 지역으로 보낼지를 먼저 생각하고 골고루 약을 분배하여 포장작업을 한다.

그런 다음 택배회사로 보내고, 선박회사와 연락하여 도착지까지 잘 가도록 주선하는 일까지가 나의 역할이다.

이런 모든 일을 나 혼자 하였는데 내게도 동역자가 생겼다.

"이런 일을 함께할 수 있어서 얼마나 감사한지 몰라요!"

"저도 이런 동역자를 만나 기쁩니다."

중국에서 들어오신 선교사님 가정과 연결되어 그 가정과 내가 한 팀을 이루어 정말 즐겁게 후원하고 있다.

어느 날 우리 약국 단골손님이던 철물점 사장님이 찾아오셨다.

"약사님, 나도 후원에 동참하게 해줘요."

"얼마든지요."

"박스 테이프는 사다가 포장하시나?"

"예, 포장끈과 테이프는 사다가 하죠?

"그럼, 그건 내가 후원할 게요."

"박스 테이프요?"

"몇 푼 안 되니 함께 해요."

철물점 사장님이 박스 테이프를 후원해 주고 박스작업까지 동역해 주니, 이 얼마나 기쁜 일인가!

♣ 좋은 사람들은 좋은 일을 알아본다.

동안 동안..

교분 할머니, 홍자 할머니

"우리 약사님 심심할 때 먹으라고 누룽지 가져왔어."

"감사해요. 오실 때마다 갖다주시니, 손만 보게 생겼네. 하하하."

경로당에 다니는 친구인 두 분 할머니는 우리 약국이 만남의 장소다.

두 분이 우리 약국에서 만나서는 함께 노인정으로 가신다.

"약사님, 우리 쌍화탕 하나씩 주세요."

"내가 돈을 낼 게."

"아니야, 내가 오늘 살 차례야."

카드를 내밀며 서로 계산하겠다고 손을 뿌리치며 예쁘게 실랑이를 한다. 그 모습에 두 분의 우정이 부럽다. 곱게 나이 들어가는 두 분 모습이 예쁘게 핀 꽃송이 같다.

어느 날 나는 어떤 카드를 받아야 할지 몰라서 한참 동안 그저 웃으며 바라보았다. 두 분의 아름다운 다툼이 끝날 기미가 보이지 않았다.

"어머니들 오늘부터 짝수는 교분 할머니가 내고, 홀수는 홍자 할머니가 내는 걸로 해요."

"아, 그러면 되겠구먼, 하하하."

"우리가 오면 시끄럽재? 할마시들이 원래이랴, 주책이지."

"두 분 덕에 우리도 덩달아 웃고 엔도르핀이 확 도는 걸요. 할머니들, 오래오래 건강하게, 두 분이 친하게 지내세요."

왜 맨날 내 약만 없어?

"머리를 보라색으로 염색하셨네요? 멋있어요."

"머리를 감으면 색이 드는 샴푸가 있어. 그걸로 감아서 머리가 이래."

아담하고 세련된 80대 할머니가 처방전을 들고 오셨다. 젊으셨을 때는 멋쟁이 소리를 들으셨을 법한 분이다. 처방전 약이 저번에도 우리 약국에 없었는데 제약사 공급 지연으로 이번에도 없다. 다른 약으로 대체를 생각하며 조심스럽게 다가갔더니, 갑자기 부드러운 미소가 냉랭한 미소로 돌변하면서,

"어떻게 내 약만 매달 없냐고요?"

"김○○님, 요즘에 동 나는 약도 많고요. 대체 약이라도 있으면 다행이에요. 그럼 다른 약국으로 가시겠어요?"

"약 준비를 제대로 해 놓아야지 환자한테 가라고 하면 어떡해요?"

"우리 약국만 그러는 게 아니고 제약사에서 그런 거예요."

"아이참 내."

할머니는 도무지 내 말을 받아들이지 않으려 했다.

"혹 다른 약국에는 남아 있는 약이 있을지도 모르니까, 꼭 그 약을 드시고 싶으시면 다른 약국에 가서 찾아보실 수밖에 없어요."

짜증만 내는 할머니가 안타깝다. 그러다가 정말 그렇게까지 하고 싶지 않았으나,

"제가 퇴근할 때 저희 집 방향이니 할머니 댁 근처로 나오실래요?"라고 말씀드렸다.

"당장 어디 가야 해요."

“그러시면 며칠 후에 다시 오시면 주문해 놓을 게요.”

다른 약국으로 가보래도 안 가겠다, 대체조제도 싫다는 할머니, 대답할 때까지 기다릴 수밖에 없었다.

‘젠장, 내가 제약사라도 차려야 하나?’

“할머니, 의사 선생님이 대체조제해도 된다고 하면 그렇게 해 드려요?”

그제야 마지못해서 “그래요”라고 대답하는데 이미 얼굴엔 신경질이 잔뜩 나 있었다.

“나더러 어떡하라고요! 나도 정말 화가 난다고요!”

♣ 약사가 죄인이 아닙니다.

此乃～～
情分。

딸! 나 왔어

"딸, 나 왔어. 잘 지냈는가?"

할머니의 큰딸이 나와 동갑이라는 사실을 알고는 그분은 나를 언제나 딸이라 부르신다.

"어머니, 어서 오세요."

나도 장단을 맞춘다.

경로당 회장 할머니가 약국에 오시면 항상 시끌시끌하고 입이 즐겁다. 큰 상자 하나와 까만 봉지에 뭔가를 돌돌 말아 내 손에 쥐어준다. 뜨끈한 김치부침개이다.

"뜨거울 때 언능 먹게."

"그냥 오시지 뭘 또 싸 오셨어? 이건 또 뭐야? "

"바빠서 김치 못 담그잖아. 우리 김치 많아서 한 통 퍼 왔어."

사실 나는 김치를 잘 담글 줄 모른다. 이 나이 먹도록, 그러잖아도 김치를 사려고 인터넷을 뒤지고 있던 참이었다.

"언제 또 이렇게 담으셨어."

노인들이 모여서 담으니까 금방 담는다면서 얼른 먹어보라고 하신다.

감격해서 말을 잇지 못했다. 엄마 생각도 나고.

♣ 할머니가 준 것은 김치가 아니라 친정어머니의 따스한 정이다.

독을
내시오~
"법"
소크라테스

비닐봉지 팔아서 부자 되쇼

환경 오염 때문에 땅에 썩는 비닐이나 일반비닐은 무상으로 줄 수 없는 법이 제정되었을 때 일이다.

종이 약봉투에 다 담을 수 없게 물약과 여러 가지 약을 사신 분들에게는 일일이 "봉투 필요하세요? 환경 비닐은 20원을 내셔야 합니다."라고 해야 했는데 대부분은 20원 아니면 동전을 돼지저금통에 넣곤 했다.

"무슨 비닐값도 받아?"

그때마다 안 받으면 300만 원 벌금을 물어야 한다고 상세하게 말씀 드리곤 했다. 어떻게 들고 가냐? 절대 신고 안할 테니 나만 좀 달라, 이번만 달라 등등 비닐봉투를 달라는 이유가 다양하다. 그래도 단호하게 시장바구니나 보조 가방을 들고 다니시라고 당부하면서 종이봉투에 약을 담아주면서 조심해서 들고 가시라고 할 수밖에 없는 처지였다.

어느 날 한 분이 "약국에서 봉투도 팔아요?"라면서 기분 나빠했다. "아뇨, 파는 건 아니고 비닐봉투에 담아가시려면 20원을 저금통에 넣으셔야 해요."

"서민들에게 그것까지 돈을 받네."

"환자분, 법 규정이 그렇습니다. 우리가 그냥 비닐봉투를 드리면 벌금을 물게 됩니다."

"봉투 팔아서 부자 되쇼."

내 말은 들은 채도 않고는 한마디를 던지고는 획 나가버렸다.

"우리도 안 받고 싶다니까요."

♣ 소크라테스를 소환할까? 악법도 법이라고.

약국에선 해결이 안 돼요

"인공눈물 하나 주세요!"

"눈에 어떤 증상이 있나요?"

"그냥 눈이 침침해요. 안약 말고 인공눈물로 주세요."

"예? 안약 말고요, 안약이 인공눈물인 거죠!"

"인공눈물이요! 안약 말고요. 가지고 다니면서 쓰는 거요."

"일회용 말씀하시나요? 비타민 들어 있는 인공눈물입니다."

내가 가져온 약을 보더니 병 색깔이 자기가 원하는 게 아니라면서,

"눈앤 주세요!"

"조제용 눈앤밖에 없어요."

"약국에선 해결이 안 되네."

"뭐가 해결이 안 돼요. 제 말을 제대로 들으시지도 않으면서."

나도 갑자기 화가 나기 시작했다.

"그럼. 병원으로 가서 의사 처방을 먼저 받아 오세요!"

웬만하면 환자에게 화를 내지 않는 나였지만, 어이가 없어 인상까지 쓰며 쏘아붙이고 말았다. 그러자 그분은 나에게 안약의 정의에서부터 종류, 사용법 등을 설명하며 다시 물어보았다.

"무얼 드리면 될까요?"

그러자, 얼굴이 빨개져서 나갔다.

'제발, 저 좀 화나게 하지 말아 주세요.'

♣ 환자분, 우기지만 말고 약사의 말에 귀를 좀 기울여 보세요.

약

병원에 먼저 다녀오세요

"어머니, 여기로 가지고 오시면 안 돼."

"뭐가 안 되어? 여기로 가져가라 하던데."

할머니는 매번 전에 지어갔던 약 봉투를 들고 약국에 온다. 당사자인 할아버지가 몸이 불편하여 대신 약을 타 가곤 했다.

"병원에서 처방을 받아 약국으로 오셔야 해요."

"왜 안 되는데? 되는 줄 알았지. 병원에 먼저 가라고?"

할머니는 매번 깜빡깜빡 잊고서 병원을 들르지 않고 약국으로 먼저 오신다. 아무리 말씀 드려도 잊고는 두 번 일을 한다.

치매 검사를 해 보라고 가족에게 권해 보기도 했는데 가족들은 관심이 없나 보다. 소일거리로 폐지를 주워 팔기도 했다. 잔뜩 모은 폐지를 수레에 싣는데 단도리를 잘 못해 도로에 쏟아져 운전자들에게 핀잔을 받을 때도 있다. 성격이 느긋하여 빙그레 웃기만 한다.

할머니는 요즘 그 일도 못 하신다. 점점 더 기억을 내려놓는 것 같다. 하루의 3분의 1은 바깥에 나와서 계단에 앉아 있다. 멍하니 하늘을 올려다보는 할머니, 그분의 지나간 세월이 보인다.

"할머니, 왜 이렇게 나와 계세요? 할아버지가 괴롭혀?"

"아니, 그냥 답답해서 집에 있기 싫어."

어서 집으로 돌아가시라 해도, 여기저기 다니는 할머니, 뜨거운 여름인데 열사병이라도 걸릴까 봐 걱정스럽다.

♣ 가는 세월 그 누가 막나요.

안 먹어
No 싫어!

자양강장제 하나 안 주는 여자

"여기는 몇 년을 와도 드링크 하나 안 주대. 어서 하나 주소!"

처방전을 내밀면서 불평을 늘어놓는다. 다른 약국에서는 들어오자마자 손에 들고 있다가 따서 준다고 하면서,

"저 여자는 참 인색해. 어쩌면 노인 공경할 줄을 몰라."

와! 약사도 아니고 졸지에 나는 인색한 여자고 노인에 대한 도리를 못하는 사람이 되어버렸다. 처방전을 들고 조제실로 들어가 약을 짓고 있는데 속에서 열이 났다. 약까지 잘못 지어주면 실력 없는 여자가 될 판이다.

대한민국에서 법을 제일 잘 지키는 사람이라 해도 과언이 아닌 내가 이런 욕을 듣고 있다니, 헛웃음이 나왔다. 꾹꾹 참으며 웃는 모습으로 복약지도를 한다.

"어머니, 우리는 저번에 환자분들이 요구해서 주다가 걸렸어요. 그래서 또 걸리면 약국 못하고 문 닫아야 해서, 못 드려요."

"다른 데는 다 주던데, 왜 여기만 걸려."

"우리가 재수가 없나 보죠. 나도 벌금을 내거나 문 닫기 싫어요. 아니, 나도 먹고 살아야지요." 하며 너스레를 떨었다.

♣ 배려는 좋지만, 위법은 싫어요.

아직은 정신이 온전하다우

어느 날 노년 남자분이 약국에 오셨다.

"약사님, 삼천당에서 나온 약, 짜서 먹는 것 있잖아요?"

'그게 또 무슨 약인가?'

스무고개를 하고 내 머리를 짜내야 알 수 있는 약이다.

어르신들은 약 이름을 알아오지 않고 어디다 쓰는 약인지도 말 안 하고 약사가 필요한 약을 척척 맞춰주기를 바라는 분들이 많다.

"아버님, 어디에 좋은 약인가요?"

"겔O스랑 비슷한 약이오."

"저희는 여기 있는 게 다에요."라면서 몇 가지 약을 꺼내 보여드린다.

"삼천당 있잖아?"

문득 그분이 지난 몇 번 오셨을 때 생각이 났다.

"처방 받으셨던 거 말씀이세요?"

약상자를 조제실 안에서 꺼내 보여주었다. 그제사 그 약이라면서 고개를 끄덕이면서 병원에 가서 처방전을 받아오겠다 했다. 나는 그 약상자를 가위로 조금 오려서 그분께 건넸다.

"이거 가져가서 처방 받으세요."

"아직은 내 정신이 온전해요."

"하하. 그렇긴 하네요."

내가 머쓱히 웃으면서 재활용 통에다 종이를 휙~ 집어넣었다. 그분도 웃으면서 병원으로 향해 나갔다.

한참 후에 그분이 다시 오셨다. 병원 원장님이 컴퓨터로 약을 검색했는

데, 못 찾겠다고 하여 약국으로 다시 왔다는 게 아닌가. 나는 재활용 통을 뒤져서 반듯하게 오려놓았던 종이를 다시 꺼내 주었다.

"약사님이 가져가라 할 때 가져갈 걸."

♣ 약사는 독심술까진 못 합니다. 약사의 말도 잘 들으면 약이 됩니다.

알약은 못 먹어요

30대 청년이 들어오더니 눈으로 약국 안을 쓰윽 스캔한다.

"약사님, 피로회복제 하나 주세요!"라더니 얌전히 서 있다.

"많이 피곤 하세요?"

"만성 피로인가 봐요."

"그러면 라○○라랑 드링크제 함께 드실 수 있게 드릴게요."

내가 권하는 약을 빤히 쳐다보더니 너무 비싼지 다른 쪽을 바라보았다.

"알약하고 물약 드려요?"

"하나로 먹을 수 있는 거 없어요?"

청년이 귀여운 표정으로 말하였다. 물약 위에 알약이 충전된 약이 요즘 핫템이어서 그걸 권하였다.

"웩웩, 저 이런 거 싫어요."

청년이 갑자기 우스운 제스처를 하며 싫은 내색을 했다.

"피로회복 드링크제로 하나 주세요."

"알약은 싫어하세요? 이걸 줄까요?"

내가 권하는 드링크제를 얼른 받아서 마시는 게 아닌가. 젊은 남자가 희한하게 알약을 못 먹는다고 하면서 드링크를 마시고는 도망가듯 나갔다. 흉볼 일은 아니지만 헛웃음이 나왔다.

♣ 물약과 달리 알약으로만 섭취해야 하는 이유가 있어요.

불편해도 알약을 삼키는 연습을 해 봐요.

chapter 4

난 여기만 온다우

빨간 원피스 아주머니
사랑을 후원하는 기부 천사
이 약을 빼주세요
파스 여기다 붙여줘!
난 여기만 온다우
소변줄 단 할아버지
아들의 개그 본능
이 약 저 약, 드시면 안 돼요
팔에 걸친 젖은 수건과 세탁물
올 백 점, 자존감 백 점
부부싸움 중이랍니다
사장님 아직 안 나오셨니?
시집오기 전 아이 먼저?
제대로 된 사과만 받을 게요
염색약이 왜 이래요?

네팔 카트만두(해외선교)

빨간 원피스 아주머니

빨간 원피스를 입은 덩치 큰 중년 아주머니가 약국 문을 밀고 들어왔다.

"10,000원 이하로 종합영양제 있어요?"

"예? 그 가격으로는 없고요. 12,000원짜리 비○민-씨는 있어요."

"그 이하면 좋겠는데."

"종합영양제는 다 비싸요. 요거 하나씩 들어있는 거 세트로 만들어 드려요."

"그건 값이 저렴해 보이잖아요?"

"고객분이 원하는 건 싸고도 괜찮은 포장 찾는 것 같네요."

"루테인은 어때요? 혈액순환개선제는요?"

나의 설명에도 그분은 여섯 개를 사야 하는데 값을 깎아서라도 10,000원 이하에 맞춰 달라고 했다. 그분 손에는 카드를 들고 있었기에 조금 더 쓰면 여섯개를 맞출 것 같다고 말했지만, 내가 진열대에 꺼내서 권하는 약들을 이것저것 들여다 보고는 망설이고만 있다.

"이게 제일 괜찮아요. 가격도 괜찮고요."

"비싸. 약이 다 왜 이렇게 비싸요?"

"지금까지 보신 것과 원하시는 약들은 50,000~80,000원 그 이상 되는 겁니다."

친구 6명이 놀러 왔는데 체면을 차리고 싶고 돈은 부족하다고 하는데 뭐라 나도 할 말이 없었다. 나는 아무리 깎아 주려 해도 줄 수 있는 약이 없어서 그냥 자리에 앉아 있었다.

　가끔 이런 분들이 이 약 저 약 가격을 물어보고는 당신 맘대로 사 간다. '이것도 잘 듣겠죠?' 하며 들릴 듯 말 듯 한 소리로 물어보는 건지 혼잣말을 하고는 그냥 쓰윽 나가는 사람들이 종종 있다. 그래도 나는 성실하게 답해 주었고 선택은 그분들 몫이다.

　"약사님! 여기서 사줄 만한 게 없네요. 다른 거 줄래요. 미안해요."

♣ 약국에 오기 전에 살 물건을 생각하고 오면 쉬워요.

사랑을 후원하는 기부 천사

"약사님! 저 사진은 어디 가서 찍은 건가요?"

"예. 미얀마에 가서 의료 선교하는 모습을 찍은 거에요."

"약국 운영하기도 바쁜데 미얀마까지 봉사를 갔어요?"

"제가 만남의 축복을 받았거든요. 교회 의료선교부서에서 매년 2번씩 해외로 의료 봉사도 하고 선교도 한답니다."

"부럽네요."

약 처방전을 맡기고 약을 조제하는 동안 내가 담긴 사진을 뚫어지게 보고 있던 여자분이 계속 말을 이어갔다.

"제가 의료 선교 갔을 때의 이야기를 쓴 책이 있는데 하나 드릴까요?"

"책까지 쓰셨어요. 와! 정말 대단하세요."

"거기 갔을 때의 감동 뭐 그런 걸 써 놓았어요. 잘 쓰진 못했지만 여럿이 써서 읽을거리가 많아요."

"예, 주세요."

"미얀마에 일 년에 두 번씩 달걀과 쌀도 후원해 주고, 약도 보내줘서 무료 약국이 있어요. 기회를 주서서 감사하게도 하고 있어요."

"저도 동참하고 싶은데요. 어떻게 하면 될까요?"

마침, 그때 미얀마를 후원하는 공고가 나와 있었다. 그걸 보여주니 선뜻 후원금을 내 손에 쥐어주는 게 아닌가.

다시 들른 그분께 후원자의 이름을 실린 선교지를 보여 주니 너무나 기뻐했다. 가끔 그분이 원하는 약이 떨어져서 다음 날 와야 하는데도 다른 약국으로 가지 않고 꼭 우리 약국을 이용한다.

나를 만나고부터 자신도 후원하고 싶어서라고 하는 말씀에 감동한다.
"정말 고맙습니다."

♣ 사랑의 씨앗이 뿌려지면 언젠가는 열매를 맺게 된다.

이 약을 빼주세요

"환자분, 약국에서는 처방전에 있는 약을 빼달라고 하는 게 아닙니다. 병원에서 말씀하셨어야 해요."

"여기서 빼주고 빼 줬다고 하면 되잖아."

"안 됩니다. 무조건 의사 선생님께 말씀하셔야 해요. 제가 빼면 불법 조제예요."

"환자가 약을 안 먹겠다고 하면 당연히 빼줄 수 있는 거 아닌가요?"

"그러니까 환자분이 직접 가서 얘기하세요."

"시간이 없어서 그래요."

"지금 얼른 가셔서 말씀하시면 됩니다."

"말하기가 뭐해서 그래요."

"환자의 상태를 잘 알아야 하는 게 의사인데 약 준 거 보고 다음 달에 체크가 되는 거에요."

"그거 빼주는 게 뭐 힘들어서…."

"더 이상 이것으로 말씀드리지 않겠습니다. 가시든 아니면 이대로 지으시든지요. 다른 사람들이 다 기다리잖아요?"

하루에 이런 환자들이 한두 명이 있어 피곤한 날이 있다.

내가 할 수 없는 일은 내게 부탁하지 말아 주세요.

♣ 진료는 의사에게, 약은 약사에게

파스 여기다 붙여줘!

우리 약국 옆 골목에 사는 할머니가 오셨다.

"약사 양반! 갈비뼈 밑에 여기가 아파?"

"할머니! 다치셨어요? 아니면 부딪히셨어?요"

"여기가. 끔뻑. 아아! 아퍼."

몸통을 이리저리 흔드시다가 아프다고 소리치며 약을 달라고 했다. 내가 묻는 말에는 대답할 생각도 없다. 보아하니 담 결리신 게 분명하다. 숨쉬기도 힘들고 재채기할 때도 못 하겠다면서 컥컥거리신다.

"할머니, 진통소염제랑 근육이완제 하루에 두 알씩 두 번 드세요."

"파스도 달라니까!"

파스를 꺼내려 가는데 또 소리치신다.

"할머니 파스 드리려고 가고 있잖아요. 여기 있어요."

"하루에 한 번 붙이세요. 식사 꼭 하시고 드셔야지. 안 그러면 속이 쓰려요."

내 말이 채 끝나기도 전에 할머니가 옷을 훌러덩 올렸다.

"여기다 이것 좀 붙여줘. 집에 가도 나 혼자야."

하얀 젖가슴이 드러났다. 옆에 있었던 남자 손님들이 놀라 눈을 일제히 내렸다. 나는 깜짝 놀라 소리쳤다.

"할머니! 거기서 그러시면…. 여기로 들어오세요."

할머니는 옷을 올린 채로 조제실 안쪽으로 들어오고, 나는 얼른 젖가슴을 감추듯이 옷을 내리려 했다.

"괜찮아. 늙은이 볼 게 뭐 있다구?"

내 얼굴이 화끈거렸다. 할머니 가슴 밑에 파스를 붙여 주면서 등을 살짝 치며,

"할머니, 남자들이 눈을 못 든다고 핀잔을 주잖아."

여전히 피식 웃음을 띤 할머니는 나에게 손을 흔들며 약국을 나갔다.

♣ 늙어도 여자는 여자랍니다.

조제실

난 여기만 온다우

"타이레놀 팔아요?"

"그럼요. 한 상자씩만 드려요."

코로나 시절, 해열 진통제가 모두 동이 나서 배급을 받듯 약국당 10개~20상자정도를 배급되었다. 그것도 먼저 본 약국이 배당되어서 매일 아침마다 주문 창을 띄워 놓고 재빠르게 주문해야 그날 팔 분량이 왔다.

"두 상자 더 주면 안 되우. 걷지 못하는 옆집 할머니가 사다 달라고 사정해서 말이야."

"할머니 오늘만 두 상자 사시고요. 할머니니까 두 개 드려요."

"없으면 어떡해. 있을 때 더 사야 하는 거 아니우?"

"일단 드실 거는 확보했으니, 다음에 또 오세요."

다른 사람들이 꼭 필요할 때 없을 걸 우려해서 수량 제한을 했다.

며칠 있다가 그 할머니 또 오셨다. 귤 두 개를 가지고 와서 내 손에 쥐여 주시면서 전에 두 개 줘서 고맙다고 하셨다. 그게 뭐라고?

"열 개도 줄 수 있어요? 빨리빨리 먹어서 금방 없어진다우. 그 노인네랑 5개씩 나눠 가지게."

그때는 제약사에서 많이 살 수 있어서 넉넉하게 드릴 수 있었다. 다리도 아픈 분이 힘들여 오시면서도 다른 분들 심부름까지 하는 할머니께 후하게 드리니 고마워 어쩔 줄을 모른다.

"난 여기만 온 다우!" 하는데 아유~ 귀여우셔라

♣ 돈은 있는데 약은 못 사네. 약 공급 충분히 해주세요.

소변줄 단 할아버지

"쌍화탕 한 병 주세요."

약국 문을 탁탁 치는 소리에 깜짝 놀라 내다보았다. 우리 약국은 낮은 계단을 세 단쯤 밟아야 들어올 수 있다. 약국 앞에 휠체어를 타고 한 노인이 앉아 있다.

"약사님, 내가 수술해서 의자를 타고 다니네. 여기까지 좀 갖다줘요."

"예, 어르신 어쩌다가 이렇게…."

"심장이 나빠서 스텐트를 박았어."

"몸조리 잘하셔요."

고맙다면서 연신 고개를 끄덕이며 집으로 향하셨다. 그래도 몸에 좋은 음양쌍보제인 쌍화탕으로 바꿨다.

처음에는 두 발로 씩씩하게 걸어 오셔서 박○스를 한 주에 한 박스씩 사가곤 했다. 좋은 인상이었지만 그분이 웃는 얼굴은 본 적이 없다. 과묵한 게 미덕으로 여기던 시대에 살아서일까.

약을 살 때마다 현금영수증을 뽑아달라고 해서 지금도 그분의 핸드폰 번호를 외울 정도로 철저하다.

한동안 약국 나들이가 뜸하셨다. 그러던 어느 날,

"생강 쌍화탕 하나 주세요."

할아버지는 소변줄을 달고 나타나신 것이었다. 휠체어를 바깥에 놓고 지팡이를 짚고 올라오셨다. 이제는 나는 아예 못 본 체하고 있었다.

신장과 심장이 다 나빠져서 그렇게 사실 수밖에 없는 그분의 심정을 내가 알아채면 싫어하실까 봐 모른 척하는 것이다.

"이것도 매일 너무 많이 드시면 안 좋아요!"

"……."

 ♣ 건강은 건강할 때 지켜야지만, 누구도 노환의 고통은 피할 수 없을 것이

다.

아들의 개그 본능

우리 약국은 아파트 단지 내에 있다. 시어머니께서는 우리 부부에게 저녁밥을 새로 지어서 도시락을 싸서 보내주시곤 했다.

초등학생이었던 아들이 도시락 배달을 맡아 준 덕에 우리 부부는 늘 뜨끈한 저녁밥을 먹을 수 있었다.

어느 날,

"안녕하세요? 아줌마."

"그래, 현구야! 오늘도 도시락 배달 가는구나? 근데 그건 뭐니? 하하하."

이런 대화가 오가고 나서 아들이 약국에 들어섰다. 박카스 상자를 위아래 뜯고 통으로 만들었다.

-오늘의 메뉴-

공깃밥 2공기 : 2,000원
김치찌개 2인분 : 16,000원
두부조림 1접시
시금치나물 1접시
맛있는 우리 집 김치 1보시기
멸치볶음 약간
봉사료 : 2,000원
총액 : 20,000원

종이 한 면에다 매직 펜으로 가격표를 크게 써왔다.

팔이 나올 자리를 가위로 오리고, 통을 몸에 맞게 붙이고, 머리에는 신문으로 모자를 만들어 썼다. 왼쪽 팔에는 '배달 맨' 완장을 찼다. 씩 웃으며 들어서는데 아들의 모습에 기가 막혔다.

아파트 사이를 걸어오다가 친구라도 만나면 웃음거리가 될 거라는 생각을 안 했는지. 나는 웃느라고 밥을 못 먹었다.

봉사료를 받아들고 신이 나서 밥만 내려놓고 집으로 돌아가는 아들!

그날 아들의 이벤트에 밥은 정말 맛있었다.

♣ 아들! 너를 진정한 사랑 배달꾼으로 인정한다.

새것이 필요해

이 약 저 약, 드시면 안 돼요

70대 할아버지가 허리를 못 펴고 배를 움켜잡고 들어왔다.

"지사제 하나 주쇼."

"물 설사 쭉쭉 나오세요?"

"내가 변비약을 먹었는데 이제는 설사가 나오네."

"저번에도 그러시더니…."

"묽게 나오는 거예요?"

"그래. 묽어. 이젠 나올 것도 없는데 배만 아프고 화장실에 자꾸 가요."

"변비약 먹었다 설사약 먹었다, 그런 거에요?"

버튼 누르듯이 이거 했다 저거 했다 그러면 몸은 자기가 해야 할 일을 안 하고 그냥 머물러 있는데 어쩌나!

"할아버지, 그러다 변이 멈추지 않고 계속 나올 수도 있어요."

"그럼 어떡해?"

"약을 드시면 반응시간이 있어서 좀 기다려야 해요. 불편해도 참고 따뜻한 물을 마시거나 이온 음료로 속이 편하게 두셔야지요. 보리차도 끓여 드시고요"

음식으로 조절해야 할 것을 이야기해 주고 절대 약을 먹고 반대 약을 또 먹는 것은 안 된다고 귀에 못이 박히도록 설명해 드렸다. 정확한 약용량도 상자에 써주었다.

♣ 먹은 사람이 아무리 성질이 급해도 약은 시간이 되어야 듣기 시작해요.
이 약, 저 약, 참을성 없이 마구 드시면 안 돼요.

STOP

팔에 걸친 젖은 수건과 세탁물

출근 시간, 종종거리며 세탁물을 집어 팔에 걸쳤다. 가방을 메고 다 되었는지 현관문에 서서 한 바퀴 휙 둘러보았다.

'오늘도 완벽해.'

엘리베이터 안에서 7층 아저씨가 나를 흘끔 쳐다보았다. 나는 꾸벅 인사하면서 아는 체 했다. 버스 정류장을 향해 당당하게 걸어가고 있는데 마주 오던 아주머니가 나를 한 번 더 뒤돌아보면서 고개를 갸우뚱한다. 내가 힘들게 걸어가니까 안쓰러워 보였는가? 그러나 바쁜 아침 시간이니 이런저런 생각할 겨를이 없었다.

버스가 막 출발하려고 했다. 나는 한 손을 냅다 흔들었다. 시골에 사셨던 우리 외할머니처럼 말이다. 버스 기사가 기다려 나를 태워 주었다.

"고맙습니다." 하며 자리에 앉으면서 거울 속에 비친 나를 바라보다가 버스 기사와 눈이 마주쳤는데 기사님이 씩 웃었다. 몇 정류장을 오는 동안 버스에 올라타는 사람마다 나의 팔 부위를 보면서 피식피식 웃었다. 그때까지는 의식 못 했다. 가방에서 휴대폰을 막 꺼내려는데 손잡이 잡은 팔에 젖은 수건과 세탁물이 가지런히 걸려 있었다.

'아차, 이를 어떡하니! 이 민망함을.' 어찌나 얼굴이 화끈거리는지!

다음 정류장에서 내려야 하는데, 버튼 누를까 말까 머뭇거리다가 마지막에 누르고 얼른 일어나 버스에서 내렸다. 팔에 세탁물을 수북이 걸고 동네 한 바퀴를 이미 돌아 나왔으니…

♣ 집을 나설 때는 일단 거울 속 나를 먼저 보자.

올 백 점, 자존감 백 점

"약사님! 약사님 아들 현구는 올 백이라면서요? 어쩜 공부를 그렇게 잘해요?"

"한번 올 백 맞았는데요, 뭘~ 끝까지 잘해야지. 그거 한번 한 거 가지고! 대학교를 가 봐야 알아요."

아들의 짝꿍 혜영 엄마가 두통약을 사러 와서 내게 한 말이었다. 너무 아무렇지도 않은 것도 그렇고, 과한 것도 그래서 조심스러웠다.

"엄마. 저 백 점 맞은 시험지요!"

아들은 4장의 시험지를 자랑스럽게 펼쳐 들고 약국으로 들어왔다.

"아이고, 정말 잘했네. 수고했어. 아들!"

뒤따라 두 명의 학부모가 들어와서 백 점 맞은 시험지 구경이나 해야겠다면서 아들 손에서 시험지를 가져갔다. 세 명의 엄마가 부러운 눈으로 시험지를 살펴보다가,

"답을 이렇게 써야지 맞는 거구나. 현구야? 이건 어디서 알았어?"

"네, 전에 백과사전에서 봤고요, 비디오에 나와 있어서 알고 있었어요."

"똑똑한 현구는 백과사전도 찾아보는 거야?"

"네. 모르는 건 다른 책 찾아봐요."

현구는 어른들 앞에서 자신을 맘껏 뽐내고 있다. 어렸을 때는 책을 많이 읽었지만, 겸손은 안 배운 것 같아 조금 민망했다. 현구는 이런 일은 처음이어서 많이 즐기고 싶은 모양이었다.

"엄마 영어 학원 가방 주세요."

"영어 숙제는 했니?"

“어젯밤에 했어요.”

그 이후로 올 백 점을 맞은 일이 다시 없었다. 한번 올 백은 영원한 올 백처럼 학교에서 1% 내에 드는 학생이 되었다. 과외 그룹을 만들려면 우리 아들의 이름이 제일 먼저 불릴 정도였다. 당시 아들의 자존감은 충천이었다.

♣ 잘난 척은 인제 그만, 겸손한 게 미덕이란다.

부부싸움 중이랍니다

부부가 살면서 안 싸우는 것도 좀 이상한 일이지 않은가!

보통은 환자들 때문에 큰 소리를 안 내려고 노력하는데 그날은 이상하게 남편한테 화가 나 있었다.

"왜 신경질이야?"

"내가 뭘? 당신이 그게 맞는다고 생각해?"

우리의 부부싸움은 클라이막스를 향해 달려가고 있었다. 사람이 오나 안 오나 밖을 내다보며 사람들이 없는 틈을 타서 소리를 지르고 있었다.

60대 아주머니를 들어오려는 순간 남편의 목소리가 커져 버렸다. 이미 수습 불가였고 남편의 감정도 최고조로 올라 있었다.

순간적으로 당황하여 나는,

"나가 있어!"

"내가 왜 나가야 되니?"

남편이 씩씩거렸다. 웃으면서 환자를 맞이하던 때와 다르게 우리 부부의 표정도 어두워져 있었다. 아주머니가,

"게보린 하나 주세요."

"여기요."

게보린을 건네주며 아주머니가 어서 나가 주기를 기다렸다. 그런데 그분은 우리 부부가 뭣 때문에 싸우는지 파악하려는 듯 약국 의자에 앉는 게 아닌가.

남편은 화가 풀리지 않은 걸 표현하느라 의자를 한번 차고 나가버렸다.

"부부가 살자면 다 그렇죠! 우리도 늘 싸워요. 왜 그랬어요?"

아주머니는 내가 무슨 대답이라도 할 줄 알았는지 나에게 계속 말을
걸어왔다.

♣ 이럴 땐 눈치를 챙기세요. 부부싸움에 괜히 끼어드는 거 아니에요.

사장님 아직 안 나오셨니?

처음 약국을 열었던 풋풋했던 약사 시절이다.

약국 문을 열던 첫날, 새로 맞춘 약사 가운을 입고 비장한 마음가짐으로 서 있었다. 그러다 언뜻 보이는 지저분한 구석 먼지가 눈에 거슬렸다. 무엇보다 손님들에게는 첫인상이 중요하니 그것을 치우려 빗자루와 쓰레받기를 들고 청소를 하고 있었다.

"애! 사장님은 아직 안 나오셨니?"

"제가….."

빗자루를 허리춤에 얼른 숨기고 말을 시작했다.

"그럼, 약사님은 안 계셔?"

중년 남자가 반말로 내게 물었다.

나는 옷을 털면서 일부러 보란 듯이 가슴의 이름표를 매만졌다.

"그런데, 어디가 불편하세요?"

내 얼굴을 한번 쓱 쳐다보더니 안쪽을 기웃거리듯 계속 바라보았다.

"약사님이세요?

"예."

그는 머쓱한지 머리를 긁으면서 당황한 표정으로 말을 이었다.

"여기가 더부룩하고 쓰리고 가끔 아픕니다."

"아, 그러세요. 위에 염증이 조금 있나 보네요. 술을 드셨나요? 매운 음식을 드셨나요?"

"어제 매운탕이 너무 매운데 거기다 고춧가루를 더 넣어서 먹었어요."

"위가 자극을 받아 위산이 많이 분비되었군요. 그래서 쓰리면서 위벽이

조금 헐었어요.”

약봉지를 받아 들고서 연신 고개를 갸우뚱하며 나갔다. 가던 걸음을 멈추고 다시 한번 약국 간판을 쳐다보고 또 쳐다본다.

당시는 내가 너무 어려 보여서 사람들에게 종종 반말을 듣고 아이 취급을 많이 받기도 하였다.

♣ 고객님, 다짜고짜 반말은 하지 마세요.

시집오기 전 아이 먼저?

40대 약사 시절, 50대 아저씨가 처방전을 들고 들어왔다. 그날은 시어머니가 약국에 오셔서 앉아 계셨다.

"환자분, 약은 모두 한 봉지에 담아 나갑니다. 잠깐만 기다리세요."

우리 약국을 처음 방문한 그분이 시어머니께 약사가 참 친절하다고 했다. 며느리 칭찬에 어머니가 활짝 웃으셨다.

그때 아들이 들어서면서,

"할머니. 저 왔어요. 오늘 반찬이 뭐예요?"

"너 좋아하는 돼지고기 불고기다."

"엄마, 나 집에 가서 밥 먹고 엄마 저녁 도시락 가져올 게요."

"약사님, 저렇게 큰아들이 있어요?"

"초등학교 4학년이유. 좀 커서 그렇지."라며 시어머니가 대답했다.

"아니? 그럼, 약사님 아이를 낳고 결혼하셨어요?"

"아뇨. 결혼하고 일 년 더 있다가 낳았어요."

가만히 듣고 있던 어머니가 호탕하게 웃으면서

"내가 여기 약사 시어머니인데 증명한다우."

"아유~ 너무 어려 보여서 30대인 줄 알았어요. 죄송합니다."

복약 방법을 설명해 주니 듣고 나서 얼른 나가는 아저씨에게

"고맙습니다. 젊게 봐주셔서."

최대한 젊게 들리도록 예쁜 목소리로 소리쳤다.

♣ 젊어 보인다는 말 한마디가 때론 엔돌핀을 주는 영양제와 같다.

제대로 된 사과만 받을게요.

"약사 양반, 내가 과일 선물을 받았는데 너무 많아서 여기 좀 갖다주고 싶은데 괜찮우?"

"할머니랑 할아버지 매일 하나씩 드세요. 저희는 집에서 먹으니 저 줄 생각 말고 영양을 보충하셔야죠."

할머니는 내가 손녀딸하고 비슷하게 생겼다면서 마실 오듯 가끔 들러 이야기하는 것을 좋아했다. 손녀딸 나이와 한참 차이가 나도 할머니 눈에는 그렇게 보이는가 보다.

"사과가 아주 맛있어."

많이도 아니고 한두 개를 갖고 와서 먹으라고 턱밑에다 들이밀기에 거부하는 것도 예의가 아니란 생각에,

"잘 먹을게요. 맛있겠네요."

계속 내가 먹을 때까지 바라보고 있어서 바쁜 와중에 한입 물고 씹으며 돌아다녀야 했다. 그러던 어느 날 며칠 안 보여서 궁금하던 참에 할아버지가 돌아가셨다는 소식을 들었다. 장례까지 다 치르고 적적한 마음을 약국에 와서 달래곤 했다.

여전히 제철 과일을 챙겨왔지만, 아예 과일 바구니째로 가져와서 할아버지가 먹던 과일은 목으로 안 넘어간다고 했다. 60년이나 같이 산 '내 편이 없다.'라는 것의 공허감 때문인지 서서히 정신 줄을 놓곤 했다. 과일은 여전히 바구니째였지만 쭈굴쭈굴 말랐고, 어떤 날은 먹다가 놓아둔 것을 그대로 가져왔다.

주민센터에 전화해서 복지 담당 직원에게 자초지종을 이야기했다. 화

120

들짝 놀란 사회복지팀에서 자녀에게 연락해서 치매 검사를 받게 했다.

그 후에 계속 약국 문 쪽을 바라보고 길거리에 다니는 사람 중에 찾으려 해도 할머니는 보이지 않았다. 그러던 어느 날 자녀가 찾아왔다. 할머니는 요양병원에 입원하셨는데 건강도 건강이지만 자기를 잘 추스르지 못한다고 했다.

♣ "할머니 건강하세요. 이제는 제대로 된 사과도 주시고요. "

염색약이 왜 이래요?

60대 남성이 염색약을 보여 달라며 약국에 들어왔다. 머리 색과 상태를 보면서 물었다.

"선생님, 염색한 후에 알러지 일어난 적은 없나요?"

"약사님. 어떤 때는 머리가 짓무르고 얼굴이 가려울 때가 있었어요."

"화학물질 중에 파라페닐렌아민이라는 알러지 물질 때문에 그런 거예요."

"그럼 알러지 없는 제품도 있나요?"

"오징어 먹물 들어간 것도 써 보셨어요?"

"네. 그것도 전에 그런 적 있는 것 같아요."

"그렇군요. 그럼 허브 제품을 드릴게요."

"좋은 걸로 주세요."

허브 제품을 꺼내 설명을 해주었다. 1제 바르고 10분 방치했다가 동일한 양의 2제를 바르라고 했다. 얼굴과 머리 경계선 부분에는 영양 크림을 발라 염색약이 얼굴에 묻는 것을 방지하라고 설명했다. 너무 뜨거운 물에 세척하지 말라는 주의도 주었다.

그런데 며칠 후에,

"약사님. 이 색이 왜 그래요? 진한 흑갈색 아니었어요?"

"맞아요. 염색한 직후에는 어두운 청색을 띠는 경우가 있는데 차츰 자연스러운 색상으로 돌아 온다고 되어 있어요. 이 머리 색은 그게 아닌데 어떻게 하셨어요?"

머리가 어느 부분은 전체적으로 연청색이 되어 있었다. 머리도 까슬하

게 되었고 일부는 염색도 다 안 된 상태였다.

"1제랑 2제를 섞어서 머리에 발랐어요."

"아이고! 1제 바르고 10분쯤 있다가 2제를 바르라고 했잖아요? 2번이나 얘기해 줬구만."

"그랬어요?!"

"잘못 알아들었네요. 차라리 이번에는 미용실에 가서 수습해 보세요."

♣ 사용 설명서를 한 번만 잘 읽어보았으면 잘할 수 있었는데….

미얀마 양곤 묘아오클라 빈민거리

인도네시아 수라바야(해외선교)

캄보디아 포아펫(해외선교)

방글라데시 치타공(해외선교)